LE

JUGEMENT

DERNIER,

ODE

Qui a concouru au Prix de l'Académie
Française, pour l'année 1773.

LE
JUGEMENT
DERNIER,
ODE

Qui a concouru au Prix de l'Académie Françaiſe, pour l'année 1773.

par Gilbert

Diſcite Juſtitiam moniti, & non temnere Divos.

V. En. L. VI.

A AMSTERDAM.

M. DCC. LXXIII.

LE
JUGEMENT
DERNIER,

O D E.

« Quels biens vous ont produit vos fauvages vertus?
» Des Juftes, difiez-vous, l'Éternel eft le Pere,
» L'Éternel nous protege ». Et le méchant profpere,
» Et fous le poids des maux vous rampez abattus.
» Vantez ce Pere encor, demandez-lui vengeance:
» En faveur de fes fils, il eft lent à s'armer!
» Eft-il aveugle & fourd? Ou pour vous opprimer
» Avec le méchant même eft-il d'intelligence?

A iij

» Arrête, impie : il t'a donné la voix

　» Dont tu te fers pour braver fa puiffance.

» Vil atôme ! d'un Dieu tu cenfures les Loix !

» Il eft trop vrai, long-temps il frappa l'innocence;

　　» Mais ce Soleil, qui voit couler nos pleurs,

» Amene à pas hâtés le jour de fa juftice :

　　» Dieu nous paîra de nos longues douleurs;

» Dieu viendra nous venger des triomphes du vice».

» Qu'il vienne donc ce Dieu fi grand, fi redouté.

» Depuis que les humains ont paru fur la terre,

» L'infortuné l'appelle, & n'eft point écouté.

» Tranquille au fond du Ciel, il dort fur fon tonnerre;

　　　» Et c'eft là ce Dieu généreux !

» Et vous pouvez encore efpérer qu'il s'éveille ?

» Allez, imitez-nous, & tandis qu'il fommeille,

　　　Soyez coupables, mais heureux ».

Quel bruit s'eft élevé ? La trompette fonnante

　　　A retenti de tous côtés;

Et, fur fon char de feu, la foudre dévorante

　　　Parcourt les airs épouvantés.

Pourquoi ce fang & ces affreux nuages,

   Dont les aftres roulent couverts ?

Ce choc des élémens, ce combat des orages

Va-t-il fur les mortels renverfer l'Univers ?

L'océan déchaîné, loin de fon lit s'élance,

   Et de fes flots féditieux

   Court, en grondant, battre les Cieux ;

Tout prêts à le couvrir de leur ruine immenfe.

C'en eft fait : l'Éternel, trop long-temps méprifé,

   Sort de la nuit profonde

Où loin des yeux de l'homme il s'étoit repofé ;

   Il a paru : fon pied frappe le Monde,

   Et le Monde eft brifé.

De la Terre, des Mers, des Cieux où fut la place ?

   Orgueilleux humains, montrez-vous.

   Dort-il ce Dieu qu'infultoit votre audace ?

La mort même ne peut vous fouftraire à fes coups.

   Tremblez encore, il va juger vos crimes.

Son regard vous plongea dans d'éternels abymes.

Qu'il parle, & devant lui vous reparoîtrez tous.

Voici de ce Juge suprême

Le redoutable Tribunal.

Ici perdent leur prix l'or & le diadême.

Ici l'homme à l'homme est égal.

Ici la vérité tient ce livre terrible

Où sont écrits vos attentats;

Et la Religion, mere autrefois sensible,

S'arme d'un cœur de fer contre ses fils ingrats.

Sortez de la nuit éternelle,

Rassemblez-vous, ames des morts,

Et, reprenant un nouveau corps,

Paroissez devant Dieu, c'est Dieu qui vous appelle.

Ravis à leur morne repos,

Les morts du sein de l'ombre impatients s'élancent,

Et vers leur Dieu, sans ordre, à flots pressés s'avancent

Pâles, & secouant la cendre des tombeaux.

Qui sont ces malheureux, dont la troupe livide

Au pied du Tribunal marche d'un pas timide,

Les flancs nus & palpitants?

Avec des cris insultants,

De son amour pour eux étouffant les murmures,
Un Ange furieux (il étoit leur appui)
Frappe d'un fouet d'airain ces victimes impures,
    Qu'il chasse devant lui.

C'est vous, vous que l'on vit, profanant la victoire,
    D'un pôle à l'autre envoyer le trépas,
    Comptant vos jours & vos droits à la gloire,
    Par vos nombreux assassinats.
    Et vous, Monarques téméraires,
Qui nés soutiens des Loix, mais toujours leurs bourreaux,
Tyrannisiez le Peuple en vous nommant ses peres,
Du Dieu qui vous créa sacrileges rivaux.

Vous, Princes indolents, qui parmi les délices
    Laissiez errer vos inconstants desirs,
Regardant vos Sujets, qui payoient vos caprices,
Comme un Peuple créé pour nourrir vos plaisirs.
    Vous tous, ô Rois, dont l'ame indifférente
    A brillé de quelques vertus;
Trop heureux si par vous la Patrie expirante
N'avoit vu des brigands du pouvoir revêtus,

Pour s'enrichir de ſes ruines,
Du nom ſacré d'impôts ennoblir leurs rapines!

O Sion! ô combien de mortels éperdus
Rempliſſent aujourd'hui ton enceinte immortelle!
Le Muſulman, le Juif, le Chrétien, l'Infidele,
Devant ce même Dieu demeurent confondus.
Quel tumulte effrayant! que de cris lamentables!
Ciel! qui pourroit compter le nombre des coupables?
   Ici, près de l'ingrat,
Se cachent l'impoſteur, l'avare, l'homicide,
   Et ce guerrier perfide
Qui vendit ſa Patrie en un jour de combat.

Ces Juges trafiquoient du ſang de l'innocence
   Avec ſes fiers perſécuteurs.
   Sous le vain nom de Bienfaiteurs
Ces Grands ſemoient enſemble & les dons & l'offenſe.
Vous fuyez vainement, l'œil vengeur vous pourſuit,
Vous, traîtres, vous, flatteurs, vous, hypocrites même:
Les antres, les rochers, l'Univers eſt détruit.
   Tout eſt plein de l'Être Suprême.

Coupables , approchez :

De la chaîne des ans les jours de la clémence

Sont enfin retranchés,

Infultez , infultez aux pleurs de l'innocence.

Eft-il un Dieu ? répondez-nous.

Vous pleurez ? vains regrets ! ces pleurs font notre joie.

A l'Ange de la mort Dieu vous a promis tous ;

Et l'Enfer demande fa proie.

Du moins , fi le pâle pécheur ,

Cité devant le Dieu vengeur ,

Pour lui feul craignoit fa Juftice ;

Mais , pour n'avoir fuivi que l'inftinct de la chair ,

Il fe voit menacé d'un éternel fupplice

Dans tout ce qu'il eut de plus cher.

Ici d'un œil craintif le fils cherchant fon pere ,

A fon afpect recule , il tombe fur fa mere ;

Et la fille & la fœur & le frere ,

Les amis , les amants , & la femme & l'époux ,

Et l'efclave & le maître ,

L'un l'autre s'évitant , honteux de fe connoître ,

Sans relâche, ô mon Dieu ! fe heurtent devant vous :

  Innombrable amas de victimes

Qui portent fur leur front la lifte de leurs crimes.

Mais d'où vient que je nage en des flots de clarté ?

  Ciel ! malgré moi, s'égarant fur ma Lyre,

Mes doigts harmonieux peignent la volupté !

  Fuyez, pécheurs : refpectez mon délire.

   Je vois les Élus du Seigneur

Marcher d'un front riant au fond du Sanctuaire.

Des enfants doivent-ils connoître la terreur,

  Lorfqu'ils approchent de leur pere ?

Quoi ! de tant de mortels qu'ont nourris tes bontés,

Ce petit nombre, ô Ciel ! rangea fes volontés

  Sous le joug de tes Loix auguftes !

Des vieillards ! des enfants ! quelques infortunés !

A peine mon regard voit, entre mille Juftes,

  S'élever deux fronts couronnés.

  Je fuis vainqueur, dit l'Ange des ténebres ;

Et les méchants jugés pouffent des cris funebres.

Dieu vain! qui de nous deux foumit plus de mortels ?

Mon génie en un jour fit plus de criminels

Que ce Ciel où s'endort ta molle nonchalance

Ne verra d'innocents célébrer ta clémence.

    Je fuis vainqueur. Sur fon Trône bravé,

Dieu l'entend, fe détourne : il ne l'a plus trouvé.

    Que font-ils devenus ces peuples de coupables

        Dont Sion vit fes champs couverts ?

Le Tout-Puiffant parloit : fes accents redoutables

        Les ont plongés dans les Enfers.

Qu'ils vivent de Satan victimes immortelles :

Un moment a vu naître & finir leur bonheur ;

    Mais les tourments de ces ames rebelles

    Doivent durer autant que le Seigneur.

    Le Jufte enfin remporte la victoire,

Et de fes longs combats, au fein de l'Éternel

    Il fe repofe environné de gloire.

Ses plaifirs font au comble, & n'ont rien de mortel :

    Il voit, il fent, il connoît, il refpire

Le Dieu qu'il recherchoit, dont il aima l'empire ;

Il en eſt plein, il chante ſes bienfaits,

L'Éternel a briſé ſon tonnerre inutile;

Et d'aîles & de faulx dépouillé déformais ,

Sur lés Mondes détruits le temps dort immobile

F I N.